CATALOGUE
DES LIVRES

TRÈS-BIEN CONDITIONNÉS

DE LA BIBLIOTHÉQUE

DE M***.

Dont la Vente se fera le Lundi 26 *Janvier* 1818, *et jours suivans, à six heures très précises de relevée, en l'une des Salles de l'hôtel de Bullion, rue J. J. Rousseau, n°* 3.

A PARIS,

Chez MM. De Bure frères, Libraires du Roi, et de la Bibliothéque du Roi, rue Serpente, n° 7; Butard, Commissaire-priseur, rue de Caumartin, n° 33.

DE L'IMPRIMERIE DE CRAPELET.

1818.

Les Livres seront exposés dans l'ordre suivant :

Première vacation, le lundi 26 *janvier* 1818.	4e *vacation, le jeudi* 29 *janvier.*
Les numéros 1 à 87	Les numéros 350 à 436
2e *vacation, le mardi* 27.	5e *vacation, le vendredi* 30.
Les numéros 88 à 175	Les numéros 437 à 509 Supplément. 1 à 14
3e *vacation, le mercredi* 28.	6e *vacation, le samedi* 31.
Les numéros 223 à 262 176 à 222	Les numéros 263 à 317 319 à 349 318

On vendra, à la fin de la dernière Vacation, quatre armoires d'acajou, avec des glaces.

On pourra les voir tous les jours depuis 1 heure jusqu'à 3.

Les mêmes Libraires mettront incessamment en vente la première partie de la troisième livraison de la Description de l'Égypte, publiée par ordre du gouvernement.

Elle sera composée de deux cents planches, et de quatre parties de texte.

Le prix, en papier ordinaire, est de 800 fr.
et en Papier Vélin, 1200 fr.

Cette même Livraison, ainsi que les deux premières, se trouvent aussi chez MM. Tilliard frères, Libraires, rue Hautefeuille, n° 22.

Montant des Vacations.

première	ƒ 1721..65.
2de	1301..20.
3e	1065..65.
4e	2063..90.
5e	2212..70.
6e	1955..20
	ƒ 10320..30.
a déduire pour deux armoires vendues	363..5
reste net pour les Livres	9957..25.

Blaise jne

Rey

Servin

Desforges.

5. an.

P.

Meilhac.

CATALOGUE
DES LIVRES
DE M***.

THÉOLOGIE.

1. La Sainte Bible, trad. en françois par L. I. Le Maistre de Sacy, ornée de figures d'après les dessins de Marillier. *Paris, Defer de Maisonneuve*, 1789, *in*-8. *les* 14 *premières livraisons en cahiers.*

2. Le Nouveau Testament en latin et en françois, trad. par de Sacy, édit. ornée de figures gravées sur les dessins de Moreau le jeune. *Paris, Didot jeune*, 1793, 4 *vol. in*-8. *en cahiers.*

3. Histoire critique du Vieux et du Nouveau Testament, par Richard Simon. *Rotterdam*, 1685, 6 *vol. in*-4. *m. r. l. r.*

4. Catéchisme de Montpellier, (par Pouget). *Paris*, 1731, 3 *vol. in*-12. *v. b.*

5. L'Alcoran de Mahomet, trad. de l'arabe par Du Ryer. *La Haye*, 1683, *pet. in*-12. *m. r. dent.*

6. La Religion des Mahométans, tirée du latin de Reland. *La Haye*, 1721, *in*-12. *fig. vél.*

JURISPRUDENCE.

7. Taxe de la Chancellerie romaine, ou Banque du pape. *Rome*, (*Hollande*), 1744, *in*-12. *m. r.*

8. Le Droit public de l'Europe, par Mably. *Genève*, 1764, 3 *vol. in-12. m. cit.*

9. Justiniani Institutiones, cum notis Vinnii et gallica versione J. F. Berthelot. *Parisiis*, 1808, 4 *vol. in-12. br.*

10. Nouveau Commentaire sur l'Ordonnance du commerce de 1673, (par Jousse). *Paris*, 1761, *in-12. v. m.*

11. Code de Commerce. *Paris*, 1807, *in-8. dem. rel.*

SCIENCES ET ARTS.

12. Histoire critique de la Philosophie, par Deslandes. *Amsterdam*, 1737, 3 *vol. in-12. v. m. Gr. Pap.*

13. Bibliothéque des anciens Philosophes, par A. Dacier, etc. *Paris*, 1771, 13 *vol. in-12. v. porph.*

14. La Philosophie du bon sens, par le marquis d'Argens. *La Haye*, 1746, 2 *vol. in-12. m. bl.*

15. Pensées philosophiques, (par Diderot). *La Haye*, 1746, *in-12. m. r.*

16. Mélanges philosophiques, par Formey. *Leyde*, 1754, 2 *vol. in-12. m. cit.*

17. De la Philosophie de la Nature, (par Delisle de Sales). *Amst.* 1770, 6 *vol. in-12. v. m.*

18. Le même ouvrage. *Londres*, 1789, 7 *vol. in-8. v. rac. dent. Gr. Pap. Vél.*

19. Pensées philosophiques sur la Nature, l'Homme et la Religion, (par Boudier de Villemert). *Paris*, 1784, 4 *vol. in-18. bas.*

20. Collection des Moralistes anciens, contenant la Morale d'Épictète, Confucius, Sénèque, etc. et le Catéchisme de la nature, par le B. d'Holbach. *Paris, Didot aîné*, 1782, 17 *vol. in-18. m. r. Pap. Fin et Vél.*

p.

grière

grière

p.

p. la republique de l'edition de paris.

Rey

idem

Brunaud.

Chimot.

Dulard.

~~[illegible]~~ p.

Dulard.

15. Chezy.

un volume taché de crotte.

Brunard

allain

Brunard

Dutard

merlin

26. 07.

Brunard

allain

Brunard

Sale

Dutard

Nere

Dutard

gregoire pere

Dutard

21. La même Collection. *Les* 12 *premiers vol. rel. en* 9, *m. r. Pap. Fin.*

22. Les Caractères de Théophraste et de La Bruyère. *Paris*, 1768, 2 *vol. pet. in*-12. *v. m.*

23. Maximes et Réflexions morales du duc de La Rochefoucauld. *Paris, Imprim. royale*, 1778, *in*-8. *m. r. dent. tabis, avec le portrait de La Rochefoucauld.*

24. Les Mœurs, (par Toussaint). 1748, *in*-12. *tiré sur Pap. in*-4. *v. m.*

25. Diversités morales, par l'abbé Brueys. *Paris, Didot aîné*, 1782, *in*-18. *m. bl. dent. tabis, Pap. Fin.*

26. L'Ami des Vieillards, par l'abbé Roy. *Paris, de l'imprim. de Monsieur*, 1784, 2 *vol. in*-18. *m. r. Pap. Vél.*

27. Traité élémentaire de morale et du bonheur, (par Paradis de Raymondis). *Paris*, 1795, 2 *vol. in*-18. *m. r. Pap. Vél.*

28. De l'Influence des Passions sur le bonheur des individus et des nations, par madame de Staël. *Lausanne*, 1796, *in*-8. *bas.*

29. Le Spectateur, ou le Socrate moderne, trad. de l'anglois d'Addisson et autres. *Amst.* 1768, 8 *vol. in*-12. *v. f.*

30. The Guardian, (by R. Steele, etc.). *Edinburgh*, 1764, 2 *tom. en* 1 *vol. in*-12. *v. m.*

31. Dictionnaire universel des Sciences morale, économique, politique, etc. par Robinet. *Paris*, 1777, 30 *vol. in*-4. *dem. rel.*

32. Dictionnaire universel de Commerce, par J. Savary. *Paris*, 1748, 3 *vol. in-fol. v. m.*

33. Essai analytique sur la Richesse et sur l'Impôt, (par Graslin). *Londres*, 1767, *in*-8. *m. r.*

34. De l'Esprit, (par Helvétius). *Paris*, 1758, *in*-4. *v. f.*

Exemplaire avec les censures, etc.

35. Le même ouvrage. *In-4. v. éc. Gr. Pap.*

36. Théorie des Loix de la Nature, par Paucton. *Paris*, 1781, *in-8. fig. v. m.*

37. Leçons de Physique expérimentale, par l'abbé Nollet. *Paris*, 1767, 6 *vol. in-12. fig. v. m.* = Lettres sur l'Électricité, par le même. *Paris*, 1774, 2 *vol. in-12. fig. dem. rel.*

38. Recherches sur les causes particulières des Phénomènes électriques, par Nollet. *Paris*, 1754, *in-12. fig. dem. rel.*

39. Discourses by John Pringle, on the different kinds of air, on the torpedo, on the attraction of mountains, and on the means for preserving the health of mariners. *London*, 1774, *in-4. vél.*

40. Histoire naturelle de Buffon. *Paris*, *Impr. royale*, 1769, 13 *vol. in-12. fig. v. m.*

Il manque le tome IX.

41. La même Histoire naturelle, par de Buffon. *Aux Deux-Ponts*, 1785, 54 *vol. in-12. v. éc. fig. coloriées, savoir:*

Histoire naturelle, 13 *vol.* = Quadrupèdes, 14 *vol.* = Oiseaux, 18 *vol.* = Minéraux, 9 *vol.*

42. Nouveau Buffon de la jeunesse. *Paris, an* x, 4 *vol. in-18. fig. v. rac.*

43. Études de la Nature, par Bernardin de Saint-Pierre. *Bâle*, 1797, 5 *vol. in-8. fig. v. rac.*

44. Dictionnaire universel d'Histoire naturelle, par Valmont de Bomare. *Lyon*, 1800, 15 *vol. in-8. v. porph. dos de m. r.*

45. La Nouvelle Maison rustique. *Paris*, 1798, 3 *vol. in-4. fig. v. rac.*

46. Instructions pour les jardins fruitiers et potagers, par de La Quintinye. *Paris*, 1716, 2 *vol. in-4. v. j.*

47. Traité des Jardins, ou le nouveau La Quintinye, (par Le Berryais). *Avranches*, 1785, 4 *vol. in-8. fig. v. m.*

artaud

Chimot.

hutard

p

hutard

bruna..

luce

p

pichard

p

m^c huzard

la neme

p.

brunard.

artaud

idem

p

martin

m. huzard.

martin

laloy

artaud

p.

48. L'Ami des Jardiniers, par Poinsot. *Paris*, 1804, 2 *vol. in-8. fig. bas.* 5.

5 49. Démonstrations élémentaires de Botanique, à l'usage de l'École royale vétérinaire. *Lyon*, 1766, 2 *vol. in-8. fig. bas.* 1 .. 50.

20 50. Entomologie, ou Histoire naturelle des insectes, par Olivier. *Paris*, 1789, 2 *vol. in-4. tirés sur Pap. de Hollande, gr. in-fol. m. vert, dent.* 20.
Ces deux volumes sont sans figures.

350 51. Histoire naturelle d'oiseaux peu communs et d'autres animaux rares, par G. Edwards. *Londres*, 1751, 4 *vol. in-4. m. r. dent. fig. coloriées.* = Glanures d'histoire naturelle, consistant en figures de quadrupèdes, d'oiseaux, d'insectes, etc. avec une explication en anglois et en françois, par le même. *Londres*, 1758, 3 *vol. in-4. m. r. fig. coloriées.* 1500. 400.

3 52. Caractères des médecins, d'après Pénélope de de La Mettrie. *Paris*, 1760, *in-12. m. vert.* 4 .. 60

15 53. Mémoires de l'Académie royale de Chirurgie. *Paris*, 1743, 15 *vol. in-12. fig. v. m.* 9.
Il manque le tome Ier.

15 54. Formules médicinales de l'École royale vétérinaire d'Alfort. 1762, *in-4. v. m.* 15.
Manuscrit sur papier, contenant 200 pages. On voit écrit sur le titre : *Donné par M. Bourgelat.*

3 55. Les douze Clefs de philosophie de frère Basile Valentin. *Paris*, 1660, *in-12. fig. v. br.* 1 .. 50.

5 56. Entretiens sur la Pluralité des Mondes, par Fontenelle. *Dijon, an II*, *in-12. rel. en vél. dent. Pap. Vél.* 6 .. 60

10 57. Essais sur la Physiognomonie, trad. de l'allemand de J. G. Lavater. *La Haye*, 1781, *gr. in-4. fig. m. r. le tome Ier.* 9

1 58. Traité du Nivellement, par l'abbé Picard. *Paris*, 1780, *in-12. fig. v. m.* 1.

1--50 59. L'Art de lever les Plans, par Dupain. *Paris*, 1775, *in-8. fig. v. m.* 2-50

151--- 60. Recueil de Musique manuscrite, notée, avec accompagnement de basse et de violon. 19 *vol. pet. in-8. renfermés dans cinq boites de mar. doubl. de tabis.* 60

Le premier recueil, composé de trois vol. est relié en talc, avec beaucoup d'élégance; les frontispices de ces trois vol. sont dessinés et lavés avec soin. Les quatre autres recueils, composés chacun de trois vol. sont reliés en mar. de différentes couleurs et doublés de tabis. Cette jolie collection paroît avoir été formée pour madame la duchesse de Choiseul, dont les armes se trouvent sur tous les volumes.

299-- 61. Encyclopédie méthodique ou par ordre de matières, par une société de gens de lettres. *Paris*, 1782 *et années suiv. Les* 63 *premières livraisons, in-4. cart.* 300

Il y manque les volumes suivans: 1re livraison, Histoire naturelle; 6e, Botanique; 22e, Art militaire; 29e, Arts et Métiers; 30e, Atlas; 40e, Planches d'histoire naturelle; 42e, Planches, tome 8; 45e, Encyclopédiana; 50e, Planches; 51e, Amusemens des sciences.

4--5 62. Dictionnaire des Artistes. *Paris*, 1776, 2 *vol. in-8. v. m.* 5

187--- 63. Galerie du Palais-Royal, gravée d'après les tableaux de différentes écoles qui la composent, par J. Couché et autres. *Paris*, 1786 *et ann. suiv. les* 44 *premières livraisons, in-fol.*

72--- 64. Figures pour les Métamorphoses d'Ovide, gravées par B. Picart. *In-fol. oblong, m. r. dent. tabis.* 650* 40

Ces figures d'anciennes épreuves sont collées sur du papier blanc.

5--- 65. Traité des Ponts, par Gautier. *Paris*, 1765, *in-8. fig. v. m.* 3

66. Traité de la construction des chemins, par Gautier. *Paris*, 1778, *in-8. fig. v. m.* 3

p

Laloy

pichard

Luce

m

artaud

gregoire pere

de Bruges.

68. Mar.

La ditte.

Butard.

Luce

72. Co. remboîté dans une vieille couverture p.

Brunard.

Butard.

p.

Luce

idem

BELLES-LETTRES.

67. Cours d'étude pour l'éducation du prince de Parme, par l'abbé de Condillac. *Aux Deux-Ponts*, (*Parme*), 1782, 13 *vol. gr. in*-8. *v. f. dent.*

68. Lycée, ou Cours de Littérature, par La Harpe. *Paris, an VII*, 16 *vol. in*-8. *bas.*

69. Réflexions critiques sur la poésie et sur la Peinture, par l'abbé Dubos. *Paris*, 1755, 3 *vol. in*-4. *v. m. Gr. Pap.*

70. Élémens de Grammaire générale appliquée à la langue françoise, par M. l'abbé Sicard. *Paris, an VII*, 2 *vol. in*-8. *bas.*

71. Des Tropes, ou des différens Sens dans lesquels on peut prendre un même mot dans une même langue, par Dumarsais. *Paris*, 1757, *in*-8. *bas.*

72. De l'Universalité de la langue françoise, (par de Rivarol). *Paris*, 1785, *in*-12. *m. r. dent. tab. Pap. Vél.*

73. Synonymes françois, par l'abbé Girard. *Paris*, 1769, 2 *vol. in*-12. *m. bl.*

74. Dictionnaire de l'Académie françoise. *Paris*, 1789, 2 *vol. in*-4. *bas.*

75. Dictionnaire de la langue françoise, par Richelet. *Lyon*, 1759, 3 *vol. in-fol. v. m.*

76. Manuel lexique, par l'abbé Prevost. *Paris*, 1755, 2 *vol. pet. in*-8. *m. cit.*

77. Dictionnaire comique, satyrique, burlesque, etc. par Le Roux. *Amsterd.* 1750, *in*-8. *m. bl. Gr. Pap.*

78. Traité de l'Orthographe françoise, par Restaut. *Poitiers*, 1791, *in*-8. *bas.*

79. Grammaire angloise, par Robinet. *Paris*, 1767, *in-12. v. f.* = Nouveau Dictionnaire de poche, françois et anglois, par Nugent. *Lyon*, 1788, 2 *vol. in-12. br.*

80. Dictionnaire de Boyer, françois-anglois, et anglois-françois. *Londres*, 1783, 2 *tom. en* 1 *vol. in-8. v. m.*

81. Le même Dictionnaire. *Lyon*, 1792, 2 *vol. in-4. v. m.*

82. Œuvres complètes d'Homère, (l'Iliade), trad. avec des notes par Gin. *Paris, Didot aîné*, 1786, 4 *vol. in-4. fig. cart.*

83. Anacréon, Sapho, Bion et Moschus, trad. (par Moutonnet de Clairfons). *Paris*, 1773. = Héro et Léandre, poëme de Musée, trad. par le même. *Paris*, 1774, 2 *tom. en* 1 *vol. in-4. v. éc. Gr. Pap.*

84. Le Pindare thébain, trad. du grec en franç. par de Lagausie. *Paris*, 1626, *in-8. fig. v. f.*

85. Les Odes pythiques de Pindare, en grec et en franç. trad. par Chabanon. *Paris*, 1772, *in-8. v. m.*

86. Idylles et autres poésies de Théocrite, trad. en franç. par M. Gail. *Paris, de l'imprim. de Didot l'aîné*, 1792, *in-4. m. r. dent. tab. Pap. Vél.*

On y a ajouté un portrait dessiné de Théocrite.

87. Lucrèce, en latin et en françois, trad. par La Grange. *Paris*, 1768, 2 *vol. gr. in-8. fig. m. r.*

88. Catulli, Tibulli et Propertii Opera. *Birminghamiæ, Baskerville*, 1772, *in-8. v. j.*

89. Traduction en prose des poésies de Catulle, Tibulle et Gallus, avec le texte en regard, (par de Pesay). *Paris*, 1771, 2 *vol. in-8. v. éc.*

90. Les Œuvres de Virgile, trad. en françois, le texte vis-à-vis la traduction, par Guyot des Fontaines. *Paris*, 1743, 4 *vol. gr. in-8. fig. v. m.*

Butard

La Bitte.

Luce

Luce

Brunard.

Bardot. 87 chery 56[d]

Laloy

Butard

Desforges.

Le page
Hutard.

94. C.

de Bruges

Daudot.

Desforges.

Desforges.
~~allais~~. grieve
Luce
Luce

Desforges.
artaud.

91. Les Géorgiques de Virgile, trad. en vers françois, et accompagnées du texte latin, par l'abbé Delille. *Kehl*, 1784, *in*-8. *v. porph. Gr. Pap. Vél.*

92. Les mêmes. *In*-8. *v. éc.*

93. L'Énéide de Virgile, trad. en vers françois, avec le texte en regard, par J. Delille. *Paris*, 1804, 4 *vol. in*-8. *fig. v. porph.*

94. Les Sermons satyriques d'Horace, interprétés en rimes françoises, par F. Habert de Berry. *Paris*, 1551, *in*-8. *v. f.*

95. Les Métamorphoses d'Ovide, en latin et en françois, trad. par Banier, avec des estampes gravées par les soins de Lemire et Basan. *Paris*, 1767, 4 *vol. in*-4. *v. éc.*

96. Le Zodiaque de la vie, trad. du latin de Palingène. *La Haye*, 1731, *in*-12. *v. éc.*

97. F. J. Desbillons Fabulæ Æsopiæ. *Parisiis*, *Barbou*, 1778, *in*-12. *v. m.*

98. Annales poétiques. *Paris*, 1778, 36 *vol. pet. in*-12. *v. f.*

Il manque les tomes 13, 14 et 36.

99. Recueil des plus belles pièces des poètes françois, depuis Villon jusqu'à Benserade. *Paris*, 1752, 6 *vol. pet. in*-12. *v. porph. Gr. Pap.*

100. Le Trésor du Parnasse, ou le plus joli des recueils. *Londres*, 1762, 3 *vol. in*-12. *m. bl.*

101. Élite de poésies fugitives. *Londres*, 1779, 5 *vol. in*-12. *v. m.*

102. Poésies de Marguerite Éléonore Clotilde de Vallon Chalys, publiées par M. Vanderbourg. *Paris*, 1803, *in*-8. *v. rac.*

103. Les Œuvres de Clément Marot. *La Haye*, 1700, 2 *vol. in*-12. *v. f.*

104. Satyres et autres Œuvres de Regnier, accompagnées de remarques historiques. *Londres*, 1733, *in*-4. *m. r. dent.*

105. Les Chevilles de Me Adam, menuisier de Nevers. *Paris*, 1644, *in-4. v. porph.*

106. Le Villebrequin de Me Adam, menuisier de Nevers. *Paris*, 1663, *in-12. v. m.*

107. Œuvres de madame et de mademoiselle Deshoulières. *Paris*, 1754, 2 *vol. pet. in-12. v. f.*

108. Fables choisies, mises en vers par J. de La Fontaine, édit. gravée en taille-douce, les figures par Fessard, le texte par Montulay. *Paris*, 1765, 6 *vol. in-8. v. éc.*

109. Fables de La Fontaine. *Londres*, (*Cazin*), 1780, 2 *vol. in-18. v. éc.*

110. Fables de La Fontaine, avec figures gravées par Simon et Coiny. *Paris*, *Didot aîné*, 1787, 6 *vol. in-18. m. bl. à compart. dent. tab. Pap. Vél.*

111. Contes et Nouvelles en vers, par J. de La Fontaine. *Amsterd.* (*Paris*), 1762, 2 *vol. in-8. fig. m. r.*

112. Œuvres de N. Boileau Despréaux, avec des éclaircissemens historiques publiés par de Saint-Marc. *Paris*, 1747, 5 *vol. in-8. fig. v. m.*

113. Œuvres de N. Boileau Despréaux, pour l'éducation du dauphin. *Paris*, *Didot l'aîné*, 1788, 3 *vol. in-18. m. r.*

114. Œuvres de J. B. Rousseau. *Paris*, 1743, 4 *vol. in-12. v. m. Gr. Pap.*

115. Œuvres de J.-B. Rousseau. *Londres*, (*Paris*), 1753, 4 *vol. pet. in-12. m. cit.*

116. Contes et Nouvelles de Vergier. *Paris*, 1727, 2 *vol. in-12. v. f.*

117. Œuvres de Chaulieu. *La Haye*, (*Cazin*), 1777, 2 *vol. in-18. v. éc.*

118. Poésies diverses. *Berlin*, 1760, *in-4. v. m.*

119. Œuvres complètes de Grécourt. *Luxembourg*, 1764, 4 *vol. pet. in-12. v. m.*

Mⁿ Huguenot ... 1758 ... [illegible]

la mengage ... Paris [illegible]

Dutartre ... [illegible]

Dutart [illegible]

de Kruger ... [illegible]

picmegage ... [illegible]

pillet [illegible]

114.00.

luce [illegible]

Dutard [illegible]

Simier.

p.

Hutard

p.

p.

De Bruges

gregoire

p.

jean le sept. Desforges

p.

p.

Luce

De Bruges

Hutard

De Bruges

idem

120. Œuvres de Gresset. (*Paris*), 1758, 2 *vol. pet. in-12. m. r.*

121. L'Art de peindre, poëme, par Watelet. *Paris*, 1760, *pet. in-8. fig. v. f.*

122. La Chandelle d'Arras, poëme, (par du Laurens). *Berne*, 1765, *in-12.* = Le Balai, poëme, (par le même). *Constantinople*, 1761, *in-12. dem. rel.*

123. La Henriade de Voltaire, avec les Variantes. *Paris, de l'imp. de Didot l'aîné*, 1792, *in-18. m. r. Pap. Vél.*

124. La Pucelle d'Orléans, poëme, par Voltaire. 1771, *in-8. v. m.*

125. La Pucelle, poëme, par Voltaire. *De l'imp. de la Société littér. typographique*, 1789, 2 *vol. in-8. m. vert, dent. tab. Pap. Vél.*

126. De la Déclamation théâtrale, poëme, (par Dorat). *Paris*, 1771, *in-8. v. f.*

127. Fables Nouvelles, par Dorat. *Paris*, 1783, *in-8. fig. m. r. Gr. Pap.*

128. L'Agriculture, poëme, (par Rosset). *Paris*, *Impr. royale*, 1774, *in-4. v. f.*

129. Idylles et Romances, par Berquin. *Paris*, 1775, 3 *vol. in-8. fig. v. éc. dent.*

130. Fables, Contes et Épîtres, par l'abbé Le Monnier. *Paris*, 1773, *in-8. v. éc.*

131. Œuvres du cardinal de Bernis. *Londres*, (*Cazin*), 1777, 2 *vol. in-18. v. éc.*

132. Fables de Mancini Nivernois. *Paris*, *Didot*, 2 *tom. en* 1 *vol. in-8. m. r. dent. tab. Pap. Vél.*

133. Les Saisons, poëme, par Saint-Lambert, *Amst.* 1775, *gr. in-8. fig. v. f.*

134. Les Quatre Ages de l'Homme, poëme, (par Allix). *Paris*, 1784, *in-18. m. r. dent. Pap. Vél.*

135. Contes en vers, et quelques pièces fugitives, (par l'abbé Bretin). *Paris*, 1797, *in-12. fig. m. r.*

136. L'Homme des Champs, par J. Delille. *Strasbourg*, 1800, *gr. in-8. dem. rel.*

137. L'Imagination, poëme, par J. Delille. *Paris*, 1806, *gr. in-8. dem. rel.*

138. Théâtre de P. Corneille, avec les Commentaires de Voltaire. (*Genève*,) 1764, 12 *vol. in-8. fig. m. vert.*

139. Œuvres de Poisson. *Paris*, 1743, 2 *vol. in-12. m. cit.*

140. Œuvres de Molière. *Paris*, 1734, 6 *vol. in-4. fig. v. f.*

141. Théâtre de Boursault. *Paris*, 1746, 3 *vol. in-12. v. m.*

142. Théâtre de Montfleury. *Paris*, 1739, 3 *vol. in-12. m. cit.*

143. Œuvres de Jean Racine, avec les Commentaires de Luneau de Boisjermain. *Paris*, 1768, 7 *vol. in-8. fig. v. éc.*

144. Œuvres de J. Racine, pour l'éducation du dauphin. *Paris, Didot l'aîné*, 1784, 5 *vol. in-18. m. r. Pap. Vél.*

145. Les Œuvres de Pradon. *Paris*, 1744, 2 *vol. in-12. m. cit.*

146. Les Œuvres de Dancourt. *Paris*, 1711, 8 *vol. in-12. v. f.*

147. Jonathas, tragédie, par Duché de Vancy. *Paris*, 1700, *in-4. m. r.*

148. Le Théâtre de de La Fosse. *Amst.* 1703, *petit in-12. m. r.*

149. Œuvres de Campistron. *Paris*, 1750, 3 *vol. pet. in-12. m. bl.*

150. Œuvres de Regnard. *Paris, Maradan*, 1790, 4 *vol. in-8. m. r. dent. tab. Gr. Pap. Vél.*

On a ajouté un portrait de Regnard, gravé par Ficquet.

151. Œuvres de La Grange-Chancel. *Paris*, 1758, 5 *vol. pet. in-12. m. bl.*

hutard.
idem
pichard. remis a m pichard 84 [tt], a cause d'un volume mouillé.
p.
pierre
hutard.
p
pichard.
de bruges.
brunard.
p.
hutard.

148. dry.

p.
de bruges.
p.

p.
p.
Butard.
p.
De Bruges.
Lambert.
Luces
p.
p.
potey.
p.
p.
pillet.
p.
Rey
p.

168. gu. *

p.

152. Œuvres de Le Grand. *Paris*, 1770, 4 *vol. in*-12. *v. m.*

153. Théâtre de mademoiselle Barbier. *Paris*, 1745, *in*-12. *m. cit.*

154. Œuvres de Crébillon. *Paris*, *de l'Imp. royale*, 1750, 2 *vol. in*-4. *v. m.*

155. Œuvres de Crébillon. *Paris*, 1785, 3 *vol. in*-8. *fig. v. éc.*

156. Œuvres de Crébillon. *Paris*, 1797, 2 *vol. in*-8. *fig. v. porph.*

157. Recueil des Pièces mises au Théâtre François, par Le Sage. *Paris*, 1739, 2 *vol. in*-12. *m. bl.*

158. Œuvres de Néricault Destouches. *Paris*, 1768, 10 *vol. pet. in*-12. *m. r.*

159. Les Comédies de Marivaux. *Paris*, 1732, 2 *vol. in*-12. *m. vert.* = Théâtre du même. *Paris*, 1758, 5 *vol. in*-12. *m. vert.*

160. Œuvres d'Autreau. *Paris*, 1749, 4 *vol. in*-12. *m. bl.*

161. Œuvres de Nivelle de La Chaussée. *Paris*, 1762, 5 *vol. pet. in*-12. *m. r. Pap. de Hollande.*

162. Œuvres de Théâtre de Guyot de Merville. *Paris*, 1758, *in*-8. *m. r.*

163. Œuvres d'Alexis Piron. *Paris*, 1758, 3 *vol. in*-12. *m. vert.*

164. Œuvres complettes de Piron. *Paris*, 1776, 7 *vol. in*-8. *vél. vert et v. m.*

165. Théâtre de Bret. *Paris*, 1778, 2 *vol. in*-8. *v. m.*

166. Théâtre de Diderot. *Paris*, 1771, 2 *vol. in*-12. *v. f.*

167. Œuvres complettes de de Belloy. *Paris*, 1779, 6 *vol. in*-8. *fig. v. éc.*

168. Théâtre de Société, par Collé. *Paris*, 1777, 3 *vol. in*-12. *m. r.*

169. Mélanie, ou la Religieuse, drame, par La Harpe. *Paris*, *de l'imp. de Didot*, 1792, *in*-18. *m. r. dent. Pap. Vél.*

170. Théâtre à l'usage des jeunes personnes, par madame de Genlis. *Paris*, 1779, 4 *vol. in*-8. *v. m.*

171. Théâtre de Favart. *Paris*, 1768, 10 *vol. in*-8. *v. éc.*

172. Le Prix de la beauté, pastorale en trois actes. *Paris*, 1760, *in*-4. *fig. m. r.*

173. Le Théâtre de la Foire, par Le Sage et d'Orneval. *Paris*, 1737, 10 *vol. in*-12. *fig. v. m.*

174. Théâtre et Œuvres diverses de Pannard. *Paris*, 1763, 4 *vol. in*-12. *m. cit.*

175. Théâtre des Boulevards, ou Recueil de parades. *Mahon*, 1756, 3 *vol. in*-12. *v. m.*

176. Roland furieux, poëme héroïque de l'Arioste, trad. par d'Ussieux. *Paris*, 1775, 4 *vol. in*-8. *fig. v. éc.*

177. Jérusalem délivrée, poëme trad. de l'italien du Tasse, par M. Le Brun. *Paris*, 1803, 2 *vol. in*-8. *fig. v. f. dent.*

178. L'Aminte du Tasse, traduction nouvelle. *Paris*, 1785, *in*-18. *m. r. dent. tab. Pap. Vél.*

179. Théâtre espagnol, (trad. par Linguet). *Paris*, 1770, 4 *vol. in*-12. *v. m.*

180. La Mort d'Abel, poëme de S. Gessner, trad. de l'allemand, par Huber. *Paris*, *Defer de Maisonneuve*, 1793, *gr. in*-4. *br. en cart. fig. coloriées.*

181. Essai de traduction littérale et énergique, (contenant l'Essai sur l'Homme, de Pope, et autres poésies angloises), par le marquis de Saint-Simon. *Harlem*, 1771, *in*-8. *m. r. dent. tab. Gr. Pap. de Hollande.*

182. Divers poëmes imités de l'anglois, (par madame de La Borde). *Paris*, *de l'impr. de Didot*, 1785, *in*-18. *m. r. Pap. Vél.*

183. Le Paradis perdu, par Milton, en anglois et en françois, (par N. F. Dupré de Saint-Maur).

p
Laloy
gregoire fils
p
p
De Bruges
p
Luce
177 a Luce
De Bruges
p
p
Laloy
p
p
La Bitte

186 m Luce — Laloy

~~pierre~~ p.

pierre

p.

pierre

189. dab. 50t — Laloy

Lambert.

gerbault.

La loy

Brunaud.

193. m Luce

194. gu. Co.

195. Co.

196. dry. — Brunaud.

p.

Paris, Defer de Maisonneuve, 1792, 2 *vol. gr. in-4. fig. v. rac. dent.*

184. Le Paradis perdu, trad. de l'anglois en vers françois, par Jacques Delille, avec le texte en regard. *Paris*, 1805, 3 *vol. in-8. fig. v. rac.*

185. Les Saisons, poëme, trad. de l'anglois de Thomson. *Paris*, 1779, *in-8. bas.*

186. Les Nuits d'Young, trad. de l'anglois, par Le Tourneur. *Paris*, 1770, 4 *vol. in-8. v. m.*

187. Théâtre de l'Hermitage de Catherine II. *Paris, an VII*, 2 *vol. in-8. dem. rel.*

188. Lettres à Émilie sur la Mythologie, par Demoustier. *Paris*, 1801, 3 *vol. in-8. fig. v. rac.*

189. Le Temple des Muses, orné de 60 tableaux dessinés et gravés par B. Picart, où sont représentés les événemens les plus remarquables de l'antiquité fabuleuse. *Amst.* 1733, *in-fol. m. r.*

190. Les Fables de Pilpay, trad. par Galland. *Bruxelles*, 1725, *in-12. m. r.*

191. Les Voyages de Cyrus, par Ramsay. *Londres*, 1730, *in-4. v. j.*

192. Œuvres de maître François Rabelais, avec des remarques par Le Duchat. *Amst.* 1741, 3 *vol. in-4. fig. de B. Picart, v. f.*

193. Le Moyen de parvenir, (par Beroalde de Verville). 1739, 2 *vol. petit in-12. m. vert.*

194. Les Délices, ou Discours joyeux et récréatifs tenus par tous les bons cabarets de France, par Verboquet. *Lyon*, 1640, *in-12. m. bl.*

195. Le Discours de La Court, avec un plaisant récit, etc. *Paris*, 1658, *in-8. v. éc.*
Imprimé avec les caractères de la Civilité.

196. Les Quinze Joies de mariage. *La Haye*, 1734, *in-12. v. f.*

197. Les Étrennes de la Saint-Jean, et les Écosseuses, (par de Caylus). *Troyes*, 1751, 2 *tom. rel. en* 1 *vol. in-12. v. j.*

198. Le Pot-pourri, ouvrage nouveau de ces Dames et de ces Messieurs, (par de Caylus). *Amst.* 1748, *in-12. m. r.*

199. Le Livre de quatre couleurs, (par Caraccioli). *Aux Quatre Élémens, de l'imprimerie des Quatre Saisons*, 4444, *in-12. vélin vert.*

200. Le Livre fait par force, ou le Mystificateur mystifié et corrigé par un persiffleur persifflé. *A Mystyficatopolis, chez Momus, à la Marotte*, 1784, *in-8. v. m.*

201. Il Decameron di Giov. Boccaccio. *Amsterdamo, Elzevier*, 1665, *1 tom. en 2 vol. in-12. m. r.*

202. Contes et Nouvelles de Boccace. *Amst.* 1699, *2 vol. in-8. fig. m. r.*

203. Le Decaméron de J. Boccace, (trad. par A. Le Maçon), avec les eaux-fortes, etc. *Londres*, (*Paris*), 1757, 6 *vol. in-8. fig. v. éc. Pap. de Hollande.*

204. Contes et Nouvelles de Marguerite de Valois, reine de Navarre. *Amst.* 1700, 2 *vol. in-8. fig. m. r.*

205. Les Cent Nouvelles nouvelles. *Cologne*, 1701, 2 *vol. petit in-8. m. r. fig. détachées.*

206. Apologues et Contes orientaux, (par l'abbé Blanchet). *Paris*, 1784, *in-8. m. citr.*

207. Les Mille et un Jours, contes persans, trad. en françois par Petis de La Croix. *Paris*, 1710, 5 *vol. in-12. v. f.*

208. Les Mille et un Quart-d'heure, contes tartares. *Utrecht*, 1737, 4 *tom. rel. en* 2 *vol. pet. in-12. fig. v. f.*

209. Les Contes des Génies. *Amst.* 1766, 3 *vol. in-12. fig. v. m.*

210. Les Contes des Fées, par madame d'Aulnoy. *Paris*, 1742, 4 *vol. in-12. v. m.*

211. Contes moraux, par Marmontel. *La Haye*, 1761, 2 *vol. in-12. m. r.*

p.

p.

de Srugis.

201. Lie.

202. Co.ribeau.

p. 203. Lie.

Srunard. 204. Co.ribeau.

idem

p.

p.

p.

p.

p.

Merlin

p.

p.

De Bruges.

p.

p.

retiré a 50 fr.

De Bruges.

p.

Lucas

222. dry. très taché. p.

Brunard

Nozeran

La Bitte

212. Contes de madame de Villeneuve. *Paris*, 1765, 2 *vol. in*-12. *m. r.*

213. Le Temps et la Patience, conte moral par madame de Villeneuve. *Paris*, 1768, *in*-12. *v. j.*

214. Nouveaux Contes moraux, par M. C. *Paris*, 1767, 3 *tom. en* 1 *vol. in*-12. *m. r.*

215. La Reine de Golconde, conte, (par de Boufflers). 1761, *in*-8. *v. éc.*

216. Amours de Théagènes et Chariclée, histoire éthiopique, trad. du grec d'Héliodore. (*Paris*, *Coustelier*), 1743, 2 *vol. petit in*-8. *fig. v. m.*

217. Les mêmes, de la même édition. 2 *tom. en* 1 *vol. in*-8. *fig. v. m.*

218. Les Amours pastorales de Daphnis et Chloé, (trad. du grec de Longus, par J. Amyot). *Paris*, 1718, *in*-8. *m. bl.*

Édition originale, avec les figures gravées par B. Audran, d'après les dessins du duc d'Orléans régent. On a ajouté en manuscrit sur les marges les notes d'Ant. Lancelot.

219. Les Amours pastorales de Daphnis et Chloé, avec les notes de Lancelot. 1745, *in*-4. *fig. m. r. dent.*

220. Les Amours pastorales de Daphnis et Chloé, trad. du grec, par Amyot. *Versailles*, 1784, *in*-18. *fig. v. j.*

221. Les Amours d'Abrocome et d'Anthia, trad. du grec de Xénophon. 1748, *in*-12. *fig. m. vert.*

222. Les Amours d'Ismène et d'Isménias, trad. du grec d'Eustathe. *La Haye*, 1743, *petit in*-8. *fig. m. vert.*

223. L'Abbé en belle humeur, nouvelle galante. *Cologne*, 1705, *petit in*-12. *v. rac.*

224. Alphonsine, ou la Tendresse maternelle, par madame de Genlis. *Paris*, 1806, 3 *vol. in*-12. *bas.*

225. Amélie, roman de Fielding, trad. de l'anglois

par madame Riccoboni. *Paris*, 1762, 3 *vol. in*-12. *m. r.*

226. Les Amours de Carite et Polydore, trad. du grec, (par l'abbé Barthélemy). *Paris*, 1760, *in*-12. *m. vert.*

227. Les Amours de Psyché et de Cupidon, par J. de La Fontaine, avec figures imprimées en couleur, d'après les tableaux de Schall. *Paris*, *Defer de Maisonneuve*, 1791, *grand in*-4. *br. en cart.*

228. Amours des Dames illustres de France sous le règne de Louis XIV. *Cologne*, 2 *vol. pet. in*-12. *fig. m. r.*

229. Les Amours du grand Alcandre, par mademoiselle de Guise. *Paris*, *Didot*, 1786, 2 *vol. in*-12. *rel. en vélin, dent. Pap. Vél.*

230. Les Amours libres des deux frères. *Cologne*, 1709, *in*-12. *m. r.*

231. Amusemens des Dames, ou Recueil d'histoires galantes des meilleurs auteurs de ce siècle. *La Haye*, 1740, 7 *vol. petit in*-12. *m. vert.*

232. Amusemens des Eaux d'Aix-la-Chapelle, (par de Poellnitz). *Amst.* 1736, 3 *vol. in*-12. *fig. m. r.*

233. Angola, histoire indienne, (par de La Morlière). *Agra*, 1751, 2 *vol. pet. in*-12. *fig. m. cit.*

234. Annales galantes de la Cour de Henri II, par mademoiselle de Lussan. *Amst.* 1749, 2 *vol. in*-12. *m. cit.* = Anecdotes de la Cour de François Ier, par la même. *Londres*, 1748, 3 *vol. in*-12. *m. bl.*

235. Les Après-Soupers de la campagne, ou Recueil d'histoires courtes et amusantes, par de Bruix). *Paris*, 1759, 2 *tom. rel. en* 4 *vol. in*-12. *m. r.*

236. Arundel, par Cumberland, trad. de l'anglois. *Paris*, *an* VII, 2 *vol. in*-12. *dem. rel.* = Alicia,

226. dvy.

~~potey~~ Luce

Brunaud.

meilhac.

Dutard.

Brunaud.

Rey

Dufort

234. an.

Brunaud.

p.

237. Lie. gu... Dab.

La Ritte.

Brunard.

Dutard.

idem

idem

idem

Brunard.

245. Co.

p.

La Loy

p.

p.

p.

p.

ou le Cultivateur de Schaffhouse. *Paris, an XIII*, 2 *vol. in-12. dem. rel.*

237. Les Aventures de Joseph Andrews, par Fielding, trad. de l'anglois. *Londres*, 1750, 2 *vol. in-12. m. vert.*

238. Les Aventures de Périphas, descendant de Cécrops, par Puget de Saint-Pierre. *Paris*, 1761, 2 *vol. in-12. m. r.*

239. Aventures de Roderik Random, traduit de l'anglois de Fielding. *Londres*, 1761, 3 *vol. in-12. m. r.*

240. Les Aventures de Télémaque, par de Fénelon. *Paris, Didot jeune*, 1785, 2 *vol. in-4 fig. de Tilliard, m. r.*

241. Les Aventures du Voyageur aérien, histoire espagnole. *Paris*, 1724, *in-12. m. r.*

242. Bélisaire, par Marmontel. *Paris*, 1767, *in-8. fig. m. r.*

243. Les Belles Grecques, ou Histoire des plus fameuses Courtisanes de la Grèce, (par madame Durand). *Amst.* 1755, *in-12. m. vert.*

244. Bianca Capello, imité de l'allemand, par Rauquil-Lieutaud. *Paris, Didot*, 1790, 2 *vol. in-12. m. r. Pap. Vél.*

245. Les Bijoux indiscrets, par Diderot. 2 *vol. in-12. fig. m. r.*

246. Boca, ou la Vertu récompensée, par Me Husson, (madame Le Marchand). *Paris*, 1756, *in-12. m. vert.*

247. Les Bonnets, ou Talemik et Zinera, histoire moderne, trad. de l'arabe, (par Mailhol). *Paris*, 1765, *in-12. m. vert.*

248. Callisthène, ou le Modèle de l'amour et de l'amitié. *Paris*, 1765, 2 *vol. in-12. m. r.*

249. Camedris, conte par mademoiselle Mazarelli. *Paris*, 1765, *in-12. m. bl.*

250. Celenie, histoire allégorique, (par madame

Levesque). *Paris*, 1783, 2 *tom. en* 1 *vol. in*-12. *m. r.*

251. Le Château d'Otrante, histoire gothique, par Horace Walpole, trad. de l'anglois. *Paris*, 1767, *in*-12. *v. m.*

252. Le Comte de Valmont, ou les Égaremens de la raison, (par Gérard). *Paris*, 1801, 6 *vol. in*-12. *bas.*

253. La Coquette punie, ou le Triomphe de l'innocence sur la perfidie. *La Haye*, 1740, *petit in*-12. *m. cit.*

254. Corinne, ou l'Italie, par madame de Staël. *Paris*, 1807, 2 *vol. in*-8. *bas.*

255. Delphine, par madame de Staël. *Paris*, 1803, 6 *vol. in*-12. *dem. rel.*

256. Delphinette, ou le Mépris de l'opinion, par Dubois. *Paris*, 1803, 3 *vol. in*-12. *dem. rel.*

257. Le Diable boiteux, par Le Sage. *Paris*, 1756, 3 *vol. in*-12. *fig. v. f. Pap. de Holl.*

258. L'Ecumoire, histoire japonoise, (Tanzai et Neadarné) par Crébillon fils. *Londres*, 1735, 2 *vol. petit in*-12. *fig. v. f.*

259. Les Enchaînemens de l'amour et de la fortune, ou les Mémoires de la marquise de Vaudreville, par le marquis d'Argens. *La Haye*, 1737, *pet. in*-12. *m. v.*

260. Les Erreurs de l'amour-propre, ou Mémoires de mylord D. imités de l'anglois par de La Place. *Londres*, 1754, 2 *vol. in*-12. *m. bl.*

261. La France galante, ou Histoires amoureuses de la Cour sous le règne de Louis XIV. *Cologne*, 2 *vol. pet. in*-12. *fig. m. r.*

262. Galatée, roman pastoral, imité de Cervantes, par de Florian. *Paris*, *Defer de Maisonneuve*, 1793, *gr. in*-4. *v. rac. dent. fig. en couleurs.*

263. Histoire amoureuse des Gaules, par Bussy Rabutin. 1754, 5 *vol. pet. in*-12. *v. éc.*

Lucc

p.

p.

Laloy

254. dab.

p.

Brunaud

p.

258. dab.

p.

p.

Brunaud.

retiré a 6 fr.

Rutard.

283. p. Lucc 16

264. Chery. 36e a Luce 38. | Luce

La ditte

de Bruges.

gregoire spen
de Bruges.

p.

allais.

p.
p.

274. dab. | de Bruges.

idem.

264. L'Histoire de Don Quichote de la Manche, avec les nouvelles, trad. de l'espagnol de M. de Cervantes. *Amsterd.* 1768, 8 *vol. in*-12. *fig. v. j.*

265. Don Quichote de la Manche, trad. de l'espagnol de M. de Cervantes, par J. P. Claris de Florian. *Paris, P. Didot*, 1799, 3 *vol. in*-8. *bas.*

266. Histoire de Gérard de Nevers et de la belle Euriant sa mie, par de Tressan. *Paris, Didot jeune*, 1792, *in*-18. *fig. m. r. dent. tab. Pap. Vél.*

267. Histoire de Gil-Blas de Santillane, par Le Sage. *Paris*, 1771, 4 *vol. in*-12. *fig. v. m.*

268. Histoire de Julie Mandeville, trad. de l'angl. (de madame Brooke, par Bouchaud). *Paris*, 1764, 2 *vol. in*-12. *m. bl.*

269. Histoire de miss Clarisse Harlowe, par Richardson, trad. de l'angl. (par l'abbé Prevost). *Londres*, 1751, 6 *tom. rel. en* 12 *vol. in*-12. *fig. m. r.*

270. Histoire de Tom Jones, par Fielding, trad. de l'angl. (par de La Place). *Paris*, 1751, 4 *vol. in*-12. *fig. m. bl.*

271. Histoire des amours de Valerie et du noble vénitien Barbarigo, par Galli de Bibiena. *Lausanne*, 1741, 2 *tom. en* 1 *vol. in*-12. *v. b.*

272. Histoire des Intrigues amoureuses du P. Peters, jésuite. *Cologne*, 1698, *petit in*-12. *v. m.*

273. Histoire du chevalier Grandisson, par Richardson, trad. de l'angl. (par l'abbé Prevost). *Amsterd.* 1755, 4 *vol. in*-12. *m. r.*

274. Le même ouvrage. *Amst.* 1770, 4 *vol. in*-12. *v. m.*

275. Histoire du marquis de Cressy, trad. de l'anglois, (par madame Riccoboni). *Amsterd.* 1758, *in*-12. *v. f.*

276. Histoire du petit Jehan de Saintré, extraite

de la vieille Chronique, par de Tressan. *Paris, Didot jeune*, 1791, *in*-18. *fig. m. r. dent. tab. Pap. Vél.*

277. Histoire secrète de Bourgogne, par mademoiselle de La Force, et l'Histoire de Marguerite de Valois, reine de Navarre, par la même, (publiées par J. B. de La Borde). *Paris, Didot aîné*, 1782 *et* 1783, 9 *vol. in*-12. *v. porph. Pap. Fin.*

278. Histoire secrète des Femmes galantes de l'antiquité, (par F. N. Dubois). *Amsterd.* 1745, 6 *vol. in*-12. *v. f.*

279. L'Illustre Malheureuse, ou la comtesse de Janissanta, (par Olivier). *Amsterd.* 1747, 2 *vol. in*-12. *m. r.*

280. Joseph, poëme, par Bitaubé. *Paris, de l'imprimerie de Didot*, 1797, 2 *vol. in*-18. *fig. m. r. Pap. Vél.*

281. Lettres d'Henriette et d'Émilie, trad. de l'anglois, (par madame de Saint-Germain). *Lond.* 1763, *in*-12. *m. bl.*

282. Lettres de la comtesse de Sancerre, par madame Riccoboni. *Paris*, 1767, *in*-12. *v. br.* = Lettres de Fanni Butlerd, par la même. *Paris*, 1759, *in*-12. *m. bl.* = Recueil de pièces détachées, par la même. *Paris*, 1765, *in*-12. *v. b.*

283. Lettres de milady Juliette Catesby, par madame Riccoboni. *Paris*, 1760, *in*-12. *m. bl.*

284. Lettres de Ninon de l'Enclos au marquis de Sévigné. *Amsterd.* 1750, 2 *vol. in*-12. *v. m.*

285. Lettres du marquis de Roselle, (par madame Élie de Beaumont). *Paris*, 1764, 2 *vol. in*-12. *m. vert.*

286. Les Lutins du château de Kernosy, nouvelle historique, (par la comtesse de Murat). *Paris*, 1710, *pet. in*-12. *v. m.*

Ney

Brunaud.

De Bruges.

Le Bec

De Bruges.

idem

idem

p.

285. 60.*.

De Bruges.

Gerbault

de Bruges.

idem

Brunand

idem

de Bruges

Mr Charpentier.

de Bruges.

p.

296. dry.

297. dab.

de Bruges.

p.

Brunand.

287. Marianne, ou la Nouvelle Paméla, trad. de l'angl. *Amsterd.* 1765, 2 *vol. in*-12. *m. bl.*

288. Mémoires de Cécile, revus par M. de La Place. *Paris*, 1752, 4 *vol. in*-12. *m. r.*

289. Mémoires de la comtesse de ***. *La Haye*, 1744, *in*-12. *v. m.*

290. Mémoires de mademoiselle de Sternheim, par Wieland, trad. de l'allemand, (par madame de La Fite). *La Haye*, 1773, 2 *vol. in*-12. *v. f.*

291. Mémoires de mademoiselle de Valcourt, (par madame d'Arconville). *Paris*, 1767, 2 *vol. in*-12. *v. f.*

292. Mémoires de milady B***, (par mademoiselle de La Guesnerie). *Paris*, 1760, 2 *vol. pet. in*-12. *m. r.*

293. Mémoires de miss Sidney Bidulphe, trad. de l'anglois (de madame Sheridan), par l'abbé Prevost. *Paris*, 1768, 2 *vol. in*-12. *v. m.*

294. Mémoires du comte de Grammont, par le comte Ant. Hamilton. *Londres*, *Dodsley*, 1783, *in*-4. *fig. m. r. dent. tab.*

295. Mémoires d'un Homme de bien, par madame de Puisieux. *Paris*, 1768, 3 *vol. in*-12. *v. f.*

296. Mémoires pour servir à l'histoire de la vertu, extraits du Journal d'une jeune dame, (par l'abbé Prevost). *Cologne*, 1762, 4 *vol. in*-12. *m. bl.*

297. Mirza et Fatmé, (par Saurin). *La Haye*, 1754, *in*-12. *v. m.* = Le Sopha couleur de Rose, par Crébillon fils. *In*-12. *v. m.*

298. La Mouche, ou les Aventures de M. Bigand, trad. de l'anglois, (par le chevalier de Mouhy). *Amst.* 1737, 2 *vol. pet. in*-12. *v. f.*

299. Nourjahad, histoire orientale, trad. de l'angl. *Paris*, 1769, *in*-12. *v. f.*

300. La Nuit et le Moment, ou les Matines de

Cythère, (par Crébillon fils). *Londres*, 1755, *in*-12. *m. r.*

7..95 301. Œuvres de miss Burney, contenant Cecilia et Evelina, trad. de l'angl. *Genève*, 1784, 10 *vol. in*-18. *bas. éc.* 12

4 - - - 302. Ophelie, roman, trad. de l'angl. (par madame Belot). *Amst.* 1763, 2 *vol. in*-12. *m. r.* 5

7..60 303. L'Orpheline angloise, ou Histoire de Charlotte Summers, imitée de l'angl. par de La Place. *Paris*, 1752, 4 *vol. petit in*-12. *m. cit.* 8

D 15..50 304. Paul et Virginie, par Bernardin de Saint-Pierre. *Paris*, *de l'impr. de Monsieur*, 1789, *in*-18. *fig. m. r. dent. tabis. Pap. Vél.* 7

10..15 305. La Paysanne parvenue, (par le chevalier de Mouhy). *Paris*, 1756, 4 *vol. in*-12. *m. cit.* 9

D 16..50 306. Le Philosophe anglois, ou Histoire de Cléveland, par l'abbé Prevost. *Amst.* 1744, 8 *vol. in*-12. *m. cit.* 16

4 - - - 307. Tant mieux pour elle, conte plaisant. Il y a commencement à tout, (par de Voisenon). *In*-12. *m. vert.* 3

13 - - - 308. Tarsis et Zélie, (par le Vayer de Boutigny). *Paris*, 1774, 3 *tom. rel. en* 5 *vol. in*-8. *fig. v. f.* 9

24 - - 309. Le Temple de Gnide, suivi d'Arsace et d'Isménie, par Montesquieu. *Paris*, *de l'impr. de Didot jeune*, *l'an* III, *in*-4. *m. r. dent. tab. Pap. Vél.* 200. 24

Bel exemplaire, dont les figures sont coloriées.

2 - - - 310. Les Tributs de l'amour et de l'amitié, bagatelles galantes, par Guérin de Frémicourt. *Paris*, 1757, *in*-12. *m. cit.* 3

3 - - - 311. Le Triomphe de l'amour, ou le serpent caché sous les fleurs, (par Michel de Saint-Sauveur-le-Vicomte). *Paris*, 1755, 2 *vol. in*-12. *m. r.* 5

6..95 312. La Vie de Marianne, par Marivaux. *Francfort*, 1750, 2 *vol. in*-12. *v. f.* 4

D 35 - - 313. La Vie et les Aventures de Robinson Crusoë, 15

de Bruges

gerbault.

brunard.

304. Lie.

Brunard.

artaud.

307. dry

p.

artaud.

p.

artaud.

artaud.

313. Lie. gu. Co. an.

De Bruges.

Luce

retiré a 500 fr. sans enchere

trad. de l'anglois de D. de Foë, (par Thémiseul de Saint-Hyacinthe et van Effen). *Leyde*, 1754, 3 *vol. in-12. fig. m. vert.*

314. Le même ouvrage. *Paris, an VIII*, 3 *vol. gr. in-8. fig. v. éc.*

315. Le Voyage à l'Isle d'Amour, ou la Clef des cœurs, (par l'abbé P. Tallemant). *La Haye*, 1713, *petit in-12. v. f.*

316. L'Introduction au Traité de la conformité des merveilles anciennes avec les modernes, ou Apologie pour Hérodote, (par Henri Estienne). 1579, *in-8. v. br.*

317. Lucien, trad. par Perrot d'Ablancourt. *Amst.* 1709, 2 *vol. in-8. fig. v. m.*

318. Collection de poésies et de romans, imprimés par ordre de Monseigneur Comte d'Artois. *Paris, de l'imprimerie de Didot l'aîné*, 1780 *et années suiv.* 63 *vol. in-18. m. vert. Pap. Fin.*

Il manque le volume des Lettres de Juliette Catesby.

Cette collection est composée des ouvrages suivans :

Le Temple de Gnide, par de Montesquieu, 1 *vol.* = Acajou et Zirphile, par Duclos, 1 *vol.* = Ismène et Isménias, trad. du grec par Beauchamps, 1 *vol.* = Zaïde, par madame de La Fayette, 3 *vol.* = La Princesse de Clèves, par madame de La Fayette, 2 *vol.* = Histoire du Petit Jehan de Saintré, par de Tressan, 1 *vol.* = Contes moraux, par Marmontel, 1 *vol.* = Lettres de la comtesse de Sancerre, par madame Riccoboni, 2 *vol.* = Olivier, par Cazotte, 2 *vol.* = Le Berceau de la France, par Daucourt, 2 *vol.* = Lettres de Juliette Catesby, par madame Riccoboni, 1 *vol.* = Gérard de Nevers, par de Tressan, 1 *vol.* = Contes et romans de Voltaire, 6 *vol.* = Daphnis et Chloé, trad. du grec de Longus, par Amyot, 1 *vol.* = Histoire d'Aloise de Livarot, par madame Riccoboni, 1 *vol.* = Les Amours de Roger et de Gertrude, par madame Riccoboni, 1 *vol.* = Tristan de Léonois, par de Tressan, 1 *vol.* = Manon Lescaut, par l'abbé Prevost, 2 *vol.* = Les Confessions du comte de ***, par Duclos, 2 *vol.* = Sargines, par d'Arnaud, 1 *vol.* = Lettres péruviennes, par madame de Graffigny, 2 *vol.* = Le Siége de Calais, par madame de Tencin, 2 *vol.* = Lorezzo, par d'Arnaud, 1 *vol.* = Don Carlos, par l'abbé de Saint-

Réal, 1 *vol.* = Conjuration des Espagnols contre Venise, par le même, 1 *vol.* = Mémoires du comte de Grammont, par Hamilton, 3 *vol.* = Œuvres choisies de Boileau, 1 *vol.* = Les Fables de La Fontaine, 2 *vol.* = Œuvres choisies de Gresset, 1 *vol.* = Télémaque, par de Fénelon, 4 *vol.* = Les Contes d'Hamilton, 3 *vol.* = Les Jardins, par Delille, 1 *vol.* = Lettres Persanes, par de Montesquieu, 3 *vol.* = Les Amours de Psyché et de Cupidon, par de La Fontaine, 2 *vol.* = Tom Jones, trad. de l'anglois de Fielding, par de La Place, 4 *vol.*

319. Collection des ouvrages imprimés pour l'éducation du dauphin, par Fr. A. Didot l'aîné, savoir: Télémaque, par Fénelon, 1783, 4 *vol.* = J. Racine, 1784, 5 *vol.* = Histoire Universelle, par Bossuet, 1784, 4 *vol.* = Boileau, 1788, 3 *vol.* *En tout* 16 *vol. in*-18. *m. v. Pap. Vél.*

Il manque les Fables de La Fontaine, 2 *vol.*

320. Recueil de quelques pièces galantes tant en prose qu'en vers. *Cologne, P. Marteau*, 1667, 2 *tom. rel. en* 1 *vol. pet. in*-12. *m. r.*

321. Essais de Michel de Montaigne. *Paris, Bastien*, 1793, 3 *vol. in*-8. *bas. éc.*

322. Œuvres de Scarron. *Amst.* 1737, 10 *vol. pet. in*-12. *v. m.*

323. Œuvres complètes de mesdames de La Fayette et Tencin. *Paris*, 1804, 5 *vol. in*-8. *bas.*

324. Œuvres de Chapelle et de Bachaumont. *Paris*, 1755, *in*-12. *v. f.*

325. Œuvres de Boindin. *Paris*, 1753, 2 *vol. in*-12. *m. bl.*

326. Œuvres diverses de Marivaux. *Paris*, 1765, 4 *vol. in*-12. *v. f.*

327. Œuvres de Moncrif. *Paris*, 1768, 4 *vol. in*-12. *fig. m. r.*

328. Œuvres mêlées de De la Fargue. *Paris*, 1765, 2 *vol. in*-12. *m. r.*

329. Œuvres de Montesquieu. *Amst.* 1758, 3 *vol. in*-4. *v. m.*

[illegible] Œuvres de Montesquieu, [illegible], 1788, 5 vol. [illegible] — Mapp[illegible]

[illegible] de Lamberte [illegible] — Godin

[illegible] complètes [illegible] [illegible] — pierre

[illegible] — De Brugan

[illegible] — Mazet

[illegible] — pierre

[illegible] Œuvres de J. J. Rousseau [illegible]

[illegible] J. J. Rousseau [illegible] — Mme charpentier

[illegible] — Le normant

[illegible] — p.

[illegible] — p. 323. Carl.

[illegible] — 325. dry.

p.

327. an.

gerbault

p.

artaud.

p.

de Bruges.

pichard.

gerbault.

Crozet.

pierre

p.

pierre

p.

artaud.

gerbault.

Le page

de Bruges.

330. Œuvres de Montesquieu. *Paris*, 1788, 5 *vol. in-8. bas.*

331. Œuvres de madame la marquise de Lambert. *Paris*, 1761, 2 *vol. in-12. m. bl.*

332. Œuvres complètes de Voltaire. *Kehl, de l'impr. de la Société typograph.* 1785, 70 *vol. in-8. fig. dem. rel. dos de veau, non rogné. Gr. Pap. Vél.*

333. Questions sur l'Encyclopédie, (par Voltaire.) 1770, 9 *vol. in-8. v. éc.*

334. Œuvres complètes de Saint-Foix. *Paris*, 1778, 6 *vol. in-8. v. m.*

335. Œuvres de J. J. Rousseau. *Londres*, 1774, 12 *vol. in-4. fig. v. éc.*

336. Œuvres de J. J. Rousseau. *Neuchatel*, 1775, 11 *vol. in-8. fig. v. éc.*

337. Œuvres de J. J. Rousseau. *Paris, Defer de Maisonneuve*, 1793, 3 *vol. in-4. fig. br. en cart. Les trois premiers volumes contenant la Politique*, 1 *vol. et Émile* 2 *vol. Pap. Vél.*

338. Œuvres complètes d'Helvétius. *Londres*, 1781, 2 *vol. in-4. v. éc.*

339. Œuvres de Colardeau. *Paris*, 1784, 2 *vol. in-8. v. éc.*

340. Œuvres de Dorat. *Paris*, 1767, 11 *vol. in-8. fig. v. f.*

341. Coup d'œil sur la littérature, ou Collection de différens ouvrages tant en prose qu'en vers, par Dorat. *Paris*, 1780, 2 *vol. in-8. v. m.*

342. Ouvrages de Florian, dont : les six Nouvelles et les Nouvelles nouvelles. 1784 *et* 1792, 2 *vol.* = Numa, 1786, 2 *vol.* = Mélanges, 1787, 1 *vol.* = Théâtre, 1790, 3 *vol.* = Fables, 1792, 1 *vol.* = Gonzalve, 1792, 3 *vol. En tout* 12 *vol. in-18. fig. m. r. Pap. Vél.*

343. Œuvres de Saint-Lambert. *Paris, Didot*, 1795, 2 *vol. in 18. m. bl. dent. tab. Pap. Vél.*

344. Œuvres de d'Arnaud. *Paris*, 1772, 8 *vol. in*-8. *fig. v. éc.*

345. Théâtre et Œuvres diverses de Palissot. *Paris*, 1763, 3 *vol. in*-12. *m. r.*

346. Œuvres de madame de Genlis, contenant les Veillées du château. *Paris*, 1784, 3 *vol.* = Adèle et Théodore, 1782, 3 *vol.* = Théâtre à l'usage des jeunes personnes, etc. 1785, 7 *vol. En tout*, 13 *vol. in*-8. *m. vert. Pap. de Holl.*

347. Œuvres de Sal. Gessner, trad. de l'allemand. *Paris, Dufart*, 2 *vol. in*-8. *fig. v. rac.*

348. Œuvres complètes d'Hamilton. *Paris*, 1805, 3 *vol. in*-8. *fig. v. éc.*

349. Œuvres complètes d'Alexandre Pope, trad. en françois. *Paris*, 1779, 8 *vol. in*-8. *fig. m. r. Pap. de Holl.*

350. Œuvres de Hume, trad. de l'anglois. *Amst.* 1764, 5 *tom. rel. en* 4 *vol. in*-12. *m. bl. Pap. de Holl.*

351. Les Œuvres de Don Francisco de Quevedo Villegas, trad. de l'espagnol. *Bruxelles*, 1718, 3 *vol. in*-12. *m. bl.*

352. Les Colloques d'Erasme, trad. par Gueudeville. *Leyde*, 1720, 6 *vol. in*-12. *fig. v. éc.*

353. Cymbalum mundi, ou Dialogues satiriques sur différens sujets, par Bonaventure Des Perriers. *Amst.* 1753, *in*-12. *fig. v. b.*

354. Lettres de madame de Sévigné, publiées par P. A. Grouvelle. *Paris*, 1806, 8 *vol. in*-8. *dem. rel. avec des portraits ajoutés.*

355. Lettres originales de Mirabeau, recueillies par Manuel. *Paris*, 1792, 4 *vol. in*-8. *dem. rel.*

356. Lettres du pape Clément XIV, (par Caraccioli). *Paris*, 1776, 2 *vol. in*-12. *v. m.*

arlaud vilin a 18 fr

De Bruges
La Ritty

planche
De Bruges
Potey

Butard

Butard

Roy

Butard
Desforges
De Bruges

354 m Luca

Dinforges.

idem

retiré.

p.

La Ditte.

p.

p.

Brunaud.

idem

HISTOIRE.

357. Méthode pour étudier l'histoire, par Lenglet Du Fresnoy. *Paris*, 1729, 4 *vol. in-4. fig. v. f. Gr. Pap.*

358. Cours de Cosmographie, de Géographie, etc. par Mentelle. *Paris,* 1800, 3 *vol. in-8. cart.*

359. Le Voyageur de la jeunesse, par P. Blanchard. *Paris*, 1804, 6 *vol. in-12. fig. v. éc.*

360. Collection abrégée des Voyages faits autour du Monde, par Bérenger. *Paris*, 1790, 9 *vol. in-8. bas.*

361. Voyage autour du Monde, par G. Anson, trad de l'anglois. *Amst.* 1751. = Voyage à la mer du Sud, pour servir de suite au Voyage de G. Anson. *Lyon*, 1756, 2 *tom. en* 1 *vol. in-4. fig. m. r.*

362. Voyage autour du Monde, en 1766, 1767, etc. par M. de Bougainville. *Paris*, 1772, 2 *vol. in-8. fig. v. m.*

363. Voyage de La Perouse autour du Monde, rédigé par M. Millet-Mureau. *Paris*, 1797, 4 *vol. in-4. et atlas, in-fol. br.*

364. Les Voyageurs modernes, ou Abrégé de plusieurs Voyages faits en Europe, Asie et Afrique, trad. de l'anglois. *Paris*, 1760, 4 *vol. in-12. v. f.*

365. Voyage de A. de La Motraye en Europe, Asie et Afrique. *La Haye*, 1727 *et* 1732, 3 *vol. in-fol. fig. v. f.*

366. Voyages faits en Moscovie, Tartarie et Perse, par Adam Olearius, et Voyages faits de Perse aux Indes orientales, par J. A. de Mandelslo, trad. par A. de Wicquefort. *Amst.* 1727, 4 *tom. en* 2 *vol. in-fol. fig. v. f. Gr. Pap.*

367. Voyages de C. Le Brun, par la Moscovie, en Perse et aux Indes orientales. *Amst.* 1718, 2 *vol. in-fol. fig. v. f.*

368. Voyage en Turquie et en Perse, par Otter. *Paris*, 1748, 2 *vol. in-12. m. r.*

369. Voyage d'Italie, de Dalmatie, de Grèce et du Levant, par Spon et Wheler. *La Haye*, 1724, 2 *vol. in-12. fig. v. f.*

370. Voyage de Dalmatie, de Grèce et du Levant, par G. Wheler, trad. de l'anglois. *Amst.* 1689, 2 *vol. in-12. fig. v. b.*

371. Voyages dans plusieurs provinces de l'empire de Russie et dans l'Asie septentrionale, trad. de l'allemand de P. S. Pallas, par Gauthier de La Peyronie. *Paris*, 1788, 5 *vol. in-4. et atlas in-fol. m. r. dent. tabis. Pap. Vél.*

372. Voyage de Dumont en France, en Italie, en Allemagne, etc. *La Haye*, 1699, 4 *vol. in-12. m. r.*

373. Voyage du père Labat en Espagne et en Italie. *Paris*, 1730, 8 *vol. in-12. v. m.*

374. Voyage dans les Pyrénées françoises. *Paris*, 1789, *in-8. bas.*

375. Voyage en Sicile et à Malthe, trad. de l'angl. de Brydone. *Paris*, 1775, 2 *vol. in-8. v. f.*

376. Voyage de H. Swinburne dans les Deux-Siciles, en 1777 et années suiv. (trad. par de La Borde). *Paris, Didot*, 1785, 5 *vol. in-8. fig. m. r. dent. tab. Gr. Pap.*

377. Voyage pittoresque de la Grèce, (par M. de Choiseul-Gouffier). *Paris*, 1782, *in-fol. fig.* Les neuf premiers cahiers.

378. Voyage dans les mers de l'Inde, à l'occasion du passage de Vénus sur le disque du soleil, en 1761 et 1769, par Le Gentil. *Paris, Impr. royale*, 1779, 2 *vol. in-4. fig. v. m.*

379. Voyages en Perse et autres lieux de l'Oriènt,

Brunard.

Bey 368. Chezy.

de Bruges.

P.

P. 373. Dry.

de Bruges. 375. gu.

Blaizot.

Warée aîné.

La Hitte. tres uni.

380. chery.

aillard

artard.

p.

384. dry.

La Ritte.

Butard

potey

desbruges.

desforges.

Luce

Lambert.

p.

Butard

par J. Chardin. *Amst.* 1711, 10 *vol. in*-12. *fig. v. f.*

380. Voyages de Fr. Bernier au Mogol. *Amst.* 1699, 2 *vol. in*-12. *fig. v. m.*

381. Voyage en Sibérie, fait, en 1761, par l'abbé Chappe d'Auteroche. *Paris,* 1768, 4 *vol. gr. in*-4. *fig. v. f. dont* 1 *vol. d'atlas.*

382. Voyage à la Nouvelle Guinée, par Sonnerat. *Paris*, 1776, *in*-4. *fig. m. r. dent.*

383. Voyage de Le Vaillant dans l'intérieur de l'Afrique en 1780, 1781, etc. *Paris,* 1790, *in*-4. *m. r. dent. tab. fig. coloriées.*

384. Nouveau Voyage aux isles de l'Amérique, par le père Labat. *Paris*, 1722, 6 *vol. in*-12. *fig. v. f.*

385. Le même Voyage aux isles de l'Amérique. *La Haye*, 1724, 2 *vol. in*-4. *fig. rel.*

386. Voyages d'Antenor en Grèce et en Asie, par Lantier. *Paris*, *l'an VI*, 3 *vol. in*-8. *fig. dem. rel.*

387. Voyages et Aventures de Jacques Massé. *Cologne*, 1710, *in*-12. *m. r.*

388. Le Voyageur philosophe dans un pays inconnu aux habitans de la terre, par de Listonai. *Amst.* 1761, 2 *vol. in*-12. *m. r.*

389. Histoire universelle, par une société de gens de lettres, trad. de l'angl. *Paris*, 1780, 46 *vol. in*-8. *v. m.* Les tomes 41-46 sont brochés; il manque les tomes 1, 18, 37, 38, 39 et 40.

390. Discours sur l'Histoire universelle, par Bossuet, pour l'éducation du Dauphin. *Paris, Didot l'aîné*, 1784, 4 *vol. in*-18. *m. r. Pap. Vél.*

391. Précis de l'Histoire universelle pendant les dix premiers siècles de l'ère vulgaire. *Paris*, 1801, *in*-12. *v. rac.*

392. Histoire de la papesse Jeanne, trad. du latin de Spanheim. *La Haye*, 1720, 2 *vol. in*-12. *m. r.*

393. La Vie du pape Alexandre VI, et de son fils

César Borgia, par Alex. Gordon, trad. de l'angl. *Amst.* 1732, 2 *vol. in*-12. *m. vert.*

394. La Guerre séraphique, ou Histoire des périls qu'a couru la barbe des Capucins par les violentes attaques des Cordeliers. *La Haye*, 1740, *in*-12. *m. r.*

395. Recueil de l'ordre des Jésuites, tiré des bons et assurés auteurs, des accidens notoires, etc. *Genève*, 1590, *in*-12. *v. éc.*

396. Le Cabinet jésuitique. *Cologne*, 1682, *in*-12. = Légende véritable de Jean Le Blanc. 1682, *in*-12. = Le véritable Test des Jésuites. *Cologne*, 1688, *in*-12. *v. b.*

397. Cérémonies et Coutumes religieuses de tous les peuples du monde, représentées par des figures gravées par B. Picart, (avec des explications par J. F. Bernard). *Amst.* 1723, *les sept premiers vol. in-fol. v. rac. Gr. Pap.*

398. Histoire du peuple de Dieu, par le P. Berruyer. *Paris*, 1738, 18 *vol. in*-12. *v. br.*

399. Histoire des Juifs, écrite par Flavius Joseph, trad. par Arnauld d'Andilly. *Bruxelles*, 1701, 5 *vol. in*-8. *fig. m. bl.*

400. Pausanias, ou Voyage historique de la Grèce, trad. par Gedoyn. *Paris*, 1731, 2 *vol. in*-4. *fig. m. r. Gr. Pap.*

401. Voyage du jeune Anacharsis en Grèce, (par l'abbé Barthélemy). *Paris*, 1790, 7 *vol. in*-8. *et atlas*, *in*-4. *v. f.*

402. Le même ouvrage. *Paris*, an XII, 7 *vol. in*-18. *v. rac.*

403. Histoire d'Hérodote, trad. du grec, avec des remarques historiques, etc. par M. Larcher. *Paris*, 1786, 7 *vol. in*-4. *m. r. dent. tabis. Gr. Pap. de Holl.*

On y a ajouté un portrait dessiné d'Hérodote.

p.

Mr charpentier

arlaud

Laloy

Luce

Destrugen

399. an.

401. Carl.

Destrugen.

poltry

[illegible] Luce

[illegible] p.

[illegible] la Loy

[illegible] Mr [illegible]

407. dry. [illegible] Luce

[illegible] 1738 [illegible]

[illegible] Cérémonies et Coutumes religieuses [illegible] peuples du monde, représentées [illegible] figures gravées par B. Picart, avec des explications [illegible] Lacoste

de Bruges

[illegible] Paris, 1738 [illegible]

[illegible] Histoire des [illegible] Mr charpentier

[illegible] la meme

[illegible] Lucas [illegible]

1404 [illegible]

[illegible] p.

[illegible] p.

[illegible] pichard

404. Quinte-Curce, de la Vie d'Alexandre-le-Grand, trad. par Vaugelas. *Amst.* 1665, *in*-12. *vél.*

405. Histoire de la Grèce, par le doct. Goldsmith, trad. de l'anglois. *Paris*, 1802, 2 *vol. in*-8. *fig. v. rac.*

406. Histoire de l'ancienne Grèce, trad. de l'angl. de J. Gillies, par Carra. *Paris*, 1787, 6 *vol. in*-8. *v. éc.*

407. Traité historique sur les Amazones, par P. Petit. *Leyde*, 1718, 2 *vol. in*-12. *fig. v. b.*

408. Les Histoires de Salluste, trad. en françois, avec le texte en regard, par Beauzée. *Paris*, 1769, *in*-12. *fig. v. porph.*

409. Histoire de la République romaine, par Salluste, trad. par le président de Brosses. *Dijon*, 1777, 3 *vol. in*-4. *m. r.*

410. Réflexions de Machiavel sur la première décade de Tite-Live, trad. en françois, (par de Menc). *Paris*, 1782, 2 *vol. in*-8. *m. r. dent. tab. Gr. Pap.*

411. Tacite, avec des notes politiques et historiques par Amelot de la Houssaye. *Amst.* 1731, 4 *vol. in*-12. *m. r.*

412. Traduction de quelques ouvrages de Tacite, par de La Bleterie. *Paris*, 1755, 2 *vol. in*-12. *m. r.*

413. Histoire romaine, par Laurent Echard, traduite de l'anglois. *Paris*, 1744, 16 *vol. in*-12. *m. vert.*

414. Histoire romaine depuis la fondation de Rome jusqu'à la chute de l'empire romain en occident, par Goldsmith, trad. de l'angl. *Paris*, 1805, 2 *vol. in*-8. *fig. v. rac.*

415. Histoire de France, par Velly, Villaret et Garnier. *Paris*, 1763, 24 *vol. in*-12. *v. m.* Il manque le tome 21.

416. Histoire de France avant Clovis, par Laureau.

Paris, 1789, *in-4. fig. en feuilles.* = Histoire de France, par Velly, Villaret et Garnier. *Paris*, 1770, 15 *vol. in-4. cart. et* 8 *vol. de portraits.* = Recueil de Cartes pour l'étude de l'Histoire de France. *Paris*, 1787, *gr. in-4. cart.*

417. Abrégé chronologique de l'Histoire de France, par le président Hénault. *Paris*, 1752, 2 *vol. in-4. m. r. dent. l. r. avec les portraits d'Odieuvre.*

418. Cartes des rois de France. *Paris*, *in-12. fig. v. éc.*

419. Mémoires historiques, critiques et Anecdotes sur les reines et régentes de France, (par Dreux du Radier). *Amst.* 1776, 6 *vol. in-12. v. m.*

420. Mémoires de Philippes de Commines, avec les notes de Secousse et de Lenglet du Fresnoy. *Paris*, 1747, 4 *vol. in-4. m. r. Gr. Pap. avec les portraits d'Odieuvre.*

421. Mémoires de Condé. *Paris*, 1743, 6 *vol. in-4. m. r. Gr. Pap. avec les portraits d'Odieuvre.*

422. Journal des règnes de Henri III et de Henri IV, par de l'Estoile, (publié par Lenglet du Fresnoy.) *La Haye*, 1744 *et* 1741, 9 *vol. in-8. v. m.*

423. The life of Henri the fourth, of France, translated from the french of Perefixe, by Le Moine. *Paris*, 1785, *in-8. v. r.*

424. Sermons de la simulée conversion, et nullité de la prétendue absolution de Henri de Bourbon, prince de Navarre, par J. Boucher. *Jouxte la copie imprimée à Paris*, 1594, *in-8. m. r.*

425. Mémoires de Maximilien de Béthune, duc de Sully, avec les notes de l'abbé de l'Écluse. *Londres*, 1745, 8 *vol. in-12. v. f.*

426. Mémoires (du duc d'Orléans,) contenant ce qui s'est passé en France de plus considérable depuis l'an 1608 jusqu'en 1636. *Paris*, 1685, *in-12. m. r.*

427. Mémoires d'un favori du duc d'Orléans. *Leide*, 1669, *petit in-12. v. b.*

Luce

p.

laurence

420. Liv. 60. fchave.

artaud.

pierre

p.

Brunaud.

Luce

on y a ajouté les portraits du memoire de l'Estoile -
425. An.

Mr charpentier.

~~Mr Arnaud~~.

repris en Mr Brunaud, a cause de mouillures.

428. Lie. Carl.		
		p.
		potey
		Brunaud.
		Mr charpentier
434. Co.	avec une cassure au bla	potey
		Laloy
		Mr charpentier.
437. An.		
		Mr charpentier
		achaintre.
		Laloy

428. L'Intrigue du cabinet sous Henri IV et Louis XIII, par Anquetil. *Paris*, 1780, 4 *vol. in-12. v. m.*

429. Mémoires concernant les affaires de France sous la régence de Marie de Médicis. *La Haye*, 1720, 2 *tom. rel. en* 1 *vol. in-12. v. b.*

430. Histoire de la mère et du fils, c'est-à-dire, de Marie de Médicis, et de Louis XIII, par Mézerai. *Amst.* 1730, *in-4. v. m.*

431. Histoire de la vie de Louis XIII, par de Bury. *Paris*, 1768, 4 *vol. in-12. m. r.*

432. Mémoires de Montrésor. *Cologne*, 1723, 2 *vol. pet. in-12. v. j.*

433. Mémoires de Montchal, contenant des particularités de la vie et du ministère du cardinal de Richelieu. *Rotterdam*, 1718, 2 *tom. en* 1 *vol. in-12. vél.*

434. Tableau de la vie et du gouvernement des cardinaux de Richelieu et Mazarin, et de Colbert, représenté en diverses satyres, etc. *Cologne*, 1693, *in-12. m. r.*

435. Histoire des Diables de Loudun. *Amst.* 1740, *in-12. m. r.*

436. Mémoires et ambassades du maréchal de Bassompierre. *Cologne*, 1666, 4 *vol. pet. in-12. vélin.*

437. Mémoires pour servir à l'histoire d'Anne d'Autriche, par madame de Motteville. *Amst.* 1723, 5 *vol. in-12. v. f.*

438. Les mêmes. *Amsterd.* 1783, 6 *vol. in-12. v. éc.*

439. Histoire de la vie et du règne de Louis XIV, par de La Hode. *Francfort*, 1740, 2 *vol. in-4. fig. v. m.*

440. Mémoires de Louis XIV, écrits par lui-même, et publiés par de Gain-Montagnac. *Paris*, 1806, 2 *tom. rel. en* 1 *vol. in-8. dem. rel.*

441. L'Esprit de la Fronde, (par de Mailly.) *Paris*, 1772, 5 *vol. in-*12. *v. m.*

442. Mémoires de mademoiselle de Montpensier. *Amst.* 1735, 8 *vol. in-*12. *m. bl.*

443. Les mêmes. *Maestricht*, 1776, 8 *vol. in-*12. *v. m.*

Il manque le tome 7.

444. L'Alcoran de Louis XIV, ou le Testament politique du cardinal Mazarin. *Rome*, 1695, *pet. in-*12. *m. r.*

445. Mémoires de J. F. P. de Gondy, cardinal de Retz, de Guy Joly, et de la duchesse de Nemours *Amst.* 1731 *et* 1738, 7 *vol. petit in-*8. *v. f.* ~~dont 1 en m. r.~~

446. Mémoires de Guy Joly. *Amst.* 1738, 2 *vol. petit in-*8. *m. r.*

447. Mémoires de M. D. L. R. (le duc de La Rochefoucauld.) *Cologne*, 1662, *pet. in-*12. *m. bl.*

448. Histoire du vicomte de Turenne, par Raguenet. *Paris*, 1769, 2 *vol. in-*12. *v. m.*

449. Mémoires de d'Artagnan, contenant des choses particulières et secrètes du règne de Louis-le-Grand. *Cologne*, 1701, 3 *vol. in-*12. *m. vert.*

450. Recueil de Mémoires et Lettres de madame de Maintenon, (publiés par de La Beaumelle.) *Amst.* 1755, 15 *vol. in-*12. *v. éc.*

451. Les Aventures de Pomponius, chevalier romain, (par Labadie.) *Rome*, 1728, *in-*12. *m. r.*

452. Les Amours de Zéokinizul, roi des Kofirans. *Amst.* 1746, *in-*12. *v. f.*

453. Mémoires du comte de Forbin. *Amst.* 1748, 2 *vol. in-*12. *v. m.*

454. Anecdotes sur la comtesse du Barry. *Londres*, 1775, *in-*12. *encadré de format in-*4. *et rel. en m. vert.*

On a orné cet exemplaire d'un grand nombre de portraits.

Laloy

442. an.

gregoire pere.

M^e charpentier

445. an. dab.

Brunet.

Laloy

448. dry.

Nozeran

vetin.

Nozeran

454. co.

[illegible]

[illegible]

[illegible]

[illegible]

[illegible]

desforges.
pierre

gerbault.

p.

p.

460. Liv.

de Bruges.

p.

Lambert.

La Loy

il n'y a que deux planches au lieu de 12.

Brunaud.

La Ritte.

455. Essai sur l'hist. de Provence, (par Bouche.) *Marseille*, 1785, 2 *vol. gr. in-4. bas.*

456. Histoire des connétables, chanceliers et gardes des sceaux, maréchaux, amiraux, etc. avec leurs armes et blasons, par J. Le Féron, publiée par D. Godefroy. *Paris*, 1658, *in-fol. v. b.*

457. Mémoires pour servir à l'histoire de la maison de Brandebourg, (par Frédéric II, roi de Prusse.) *Berlin*, 1751, 2 *part. en* 1 *vol. in-4. v. éc.*

458. Description abrégée hist. et géographique du Brabant hollandois. *Paris*, 1748, *in-12. fig. m. r.*

459. Histoire du prince d'Orange et de Nassau. *Levarde*, 1704, 2 *vol. in-12. fig. v. f.*

460. Lettres écrites de la Suisse par un voyageur françois, en 1781, (B. de La Borde.) *Paris*, 1783, 2 *vol. in-8. fig. v. f. Gr. Pap.*

461. Les Délices de l'Espagne et du Portugal, par Colmenar. *Leyde*, 1707, 5 *vol. in-12. fig. m. bl.*

462. Révolutions de Portugal, par l'abbé de Vertot. *Paris*, 1737, *in-12. v. f.*

463. Le Guide de l'Angleterre, ou Relation curieuse du voyage de M. de B...., (par Moreau de Brasey.) *Amst.* 1744, *in-12. v. f.*

464. Histoire des Maisons de Plantagenet et Tudor, sur le trône d'Angleterre, par Hume, trad. de l'anglois. *Amst.* 1765, 4 *vol. in-4. m. r.*

465. Histoire de la Maison de Stuart, par Hume, trad. de l'anglois. *Londres*, 1760, 3 *vol. in-4. m. cit. Gr. Pap.*

466. Faits historiques relatifs aux reines d'Angleterre, en douze planches, avec une explication en anglois et en françois, trad. par le chev. de Sauseuil. *Londres*, 1786, *in-4. fig. m. r. dent.*

467. Histoire d'Écosse, par Robertson, trad. de l'anglois. *Londres*, 1764, *in-12. v. éc.* ~~*les tomes 1 et 2.*~~ 3 Volumes

468. Histoire des Révolutions de Pologne, par l'abbé Desfontaines. *Amst.* 1725, 2 *tom. rel. en* 1 *vol. in-12. fig. v. f.*

469. Le Partage de la Pologne, etc. *Londres.* = Le Gazetier cuirassé, (par de Morande.) 1772, *in-12. dem. rel.*

470. Nouveaux Mémoires sur l'état présent de Moscovie. *Amsterd.* 1725, 2 *vol. in-12. fig. v. f.*

471. Histoire de Pierre Ier, empereur de Russie. *Amst.* 1742, *in-4. fig. v. m.*

472. Journal de Pierre-le-Grand, depuis l'année 1698, jusqu'en 1714. *Stockholm*, 1774, *in-8. v. m.*

473. Histoire de l'état présent de l'Empire ottoman, par Briot. *Amst.* 1670, *petit in-12. fig. vél.*

474. Description des isles de l'Archipel et de quelques autres adjacentes, trad. du flamand d'O. Dapper. *La Haye*, 1703, *in-fol. fig. v. f.*

475. Histoire philosophique et politique des établissemens et du commerce des Européens dans les Deux-Indes, par G. T. Raynal. *Genève*, 1780, 10 *vol. in-8. et atlas in-4. v. éc.*

476. La même Histoire philosophique. *Genève*, 1780, 10 *vol. in-8. bas. et atlas in-4. dem. rel.*

477. La même Histoire philosophique. *Genève*, 1781, 10 *vol. in-8. v. m.*

478. Histoire abrégée de la mer du Sud, par M. de La Borde. *Paris*, 1791, 3 *vol. in-8. fig. v. j. Gr. Pap. Vél.*

479. Recherches philosophiques sur les Égyptiens et les Chinois, par de Paw. *Berlin*, 1773, 2 *vol. in-8. v. f.* = Sur les Grecs, par le même. *Berlin*, 1787, 2 *vol. in-8. v. rac.* = Sur les Américains, par le même. *Berlin*, 1768, 3 *vol. in-8. v. f.*

gerbault

lambert

gerbault

idem

laboy

crozet

artaud.

grabit

laboy 476. Carl.

p.

gerbault

Rey

480. Chery.

De Bruges.

Artaud.

p.

p.

gregoire pere

Rey

pierre

Laloy

Artaud.

De Bruges.

Brunand.

Brunaud.

480. Du Royaume de Siam, par de La Loubère. *Paris*, 1691, 2 *vol. in*-12. *fig. v. f.*
Exemplaire du comte d'Hoym.

481. Relation de l'ambassade de lord Macartney à la Chine, trad. de l'angl. *Paris, l'an IV*, 2 *vol. in*-8. *v. f. Gr. Pap. Vél.*

482. Description de l'île Formosa. *Amst.* 1705, *in*-12. *fig. v. b.*

483. Histoire naturelle, civile, etc. du Japon, par E. Kæmpfer. *La Haye*, 1729, 2 *vol. in-fol. fig. m. r. Gr. Pap.*

484. Histoire de l'Amérique, par Robertson, trad. de l'angl. *Paris*, 1778, 2 *vol. in*-4. *m. bl.*

485. La même Histoire de l'Amérique. *Paris*, 1780, 4 *vol. in*-12. *v. m.*

486. Mémoires historiques sur la Louisiane, par Dumont. *Paris*, 1753, 2 *vol. in*-12. *fig. v. f.*

487. Mémoires sur l'ancienne Chevalerie, par de Sainte-Palaye. *Paris*, 1759, 2 *vol. in*-12. *v. f.*

488. Histoire généalogique et chronologique de la maison royale de France, des pairs, grands officiers de la couronne, etc. par le père Anselme. *Paris*, 1726, 9 *vol. in-fol. v. b. Gr. Pap.*

489. Recueil d'Antiquités égyptiennes, étrusques, grecques et romaines, par le comte de Caylus. *Paris*, 1752, 7 *vol. in*-4. *fig. v. m.*

490. Le Costume des peuples de l'antiquité, prouvé par les monumens, par A. Lens. Nouvelle édit. augmentée par G. H. Martini. *Dresde*, 1785, *in*-4. *fig. m. vert. dent.*

491. Dictionnaire des Antiquités romaines, (trad. de Pitiscus, par Barral). *Paris*, 1766, 2 *vol. in*-8. *v. f.*

492. Recueil des Antiquités et Monumens marseillois, par Grosson. *Marseille*, 1773, *in*-4. *fig. vél.*

493. Description des principales pierres gravées du

cabinet du duc d'Orléans, (par de La Chau et Le Blond). *Paris*, 1780, 2 *vol. in-fol. fig. m. r.*

494. Choix des pierres gravées du cabinet impérial des Antiques, représentées en quarante planches, décrites par Eckel. *Vienne*, 1788, *in-fol. m. r. dent. tabis.*

495. Dictionnaire bibliographique, historique et critique des livres rares, précieux, etc. (par Cailleau et Duclos). *Paris*, 1791, 3 *vol. in-8. bas.*

496. Collection du Moniteur, depuis son origine en 1789, avec l'introduction, jusques et y compris les six premiers mois de 1816. 54 *volumes in-fol. dem. rel.* ~~*Les six derniers mois de 1814, l'année 1815, et les six premiers mois de 1816 sont en feuilles.*~~

497. Les Œuvres de Plutarque, trad. du grec en françois, par J. Amyot. *Paris*, *Bastien*, 1784, 18 *vol. in-8. tirés de format in-4. v. rac. dent. Pap. Vél.*

498. Le Plutarque de la jeunesse, par P. Blanchard. *Paris*, 1803, 4 *vol. in-12. fig.* ~~*m. r.*~~

499. Histoire des sept Sages, par de Larrey. *La Haye*, 1734, 2 *vol. in-12. v. f.*

500. Histoire de Cicéron, tirée de ses écrits, trad. de l'anglois de Middleton, par l'abbé Prevost. *Paris*, 1743, 4 *vol. in-12. v. f. Gr. Pap.*

501. La Vie de Mahomet, par Prideaux. *Amsterd.* 1698, *in-12. fig. m. r.*

502. Mémoires historiques sur Raoul de Coucy, avec un recueil de ses chansons en vieux langage, (par J. B. de La Borde). *Paris*, 1781, 2 *vol. petit in-8. m. r. dent. tabis. Gr. Pap.*

503. Vie du cardinal d'Ossat, (par madame d'Arconville). *Paris*, 1771, 2 *vol. in-8. v. m.*

504. Les Hommes illustres qui ont paru en France

de Bruges.

gerbault.

Corby — Diminué 40 fr par un grand nombre de supts qui manquoient

retiré a 120 fr.

gregoire pere
de Bruges.

500. diry.

de Bruges — 501. an.

gerbault.
Blaizot.

gerbault

pierre

p.

pierre

bernard

La ditte

repris par Mlle charpentier. gregoire

Luca

pierre

idem

pendant ce siècle, par Ch. Perrault. *Paris*, 1696, 2 *vol. in-fol. fig. v. b.*

1 505. La Vie du pape Clément XIV, Ganganelli, (par Caraccioli). *Paris*, 1776, *in-12. v. m.* 1.

100 506. Dictionnaire historique, par L. Moreri. *Paris*, 1759, 10 *vol. in-fol. v. m.* 77 .. 5.

507. Nouveau Dictionnaire historique, (par Chaudon). *Caen*, 1779, 6 *vol. in-8. v. m.* 10 .. 95

20 508. Nouveau Dictionnaire historique, par une société de gens de lettres. *Caen*, 1789, 9 *vol. in-8. bas. rac.* 32 .. 5

12 509. Théâtre du Monde, par Richer. *Paris*, 1775, 4 *vol. in-8. fig. v. m.* 7 .. 10

Le montant général est de 9430 fr. 50 c.

SUPPLÉMENT.

1. Tatiani Oratio ad græcos, Hermiæ irrisio gentilium philosophorum, gr. et lat. cum not. var. studio W. Worth. *Oxoniæ*, 1700, *in-8. v. j.* 4.
2. De la Sagesse, par P. Charron. *Leyde*, *Jean Elzevier*, *in-12. vél.* 12.
3. Traité de l'aiman, (par M. Dalencé). *Amst.* 1687, *in-12. fig. v. b.* 1 .. 50.
4. Campi Phlegræi : Observations sur les volcans des Deux-Siciles, en anglois et en françois, par le chevalier Hamilton, avec le supplément. *Naples*, 1776 *et* 1779, 3 *vol. in-fol. cart. fig. en couleurs.* 249 .. 95
5. Phytologie universelle, ou Histoire naturelle et méthodique des plantes, par N. Jolyclerc. *Paris*, *an* VII, 5 *vol. in-8. v. rac.* 5 .. 80.
6. Démonstrations élémentaires de Botanique, (par l'abbé Rozier et de La Tourette, publiées par Gilibert). *Lyon*, 1796, 4 *vol. in-8. et* 2 *vol. in-4. de planches*, *v. m.* 13 .. 5

286 .. 30.

286..30

1..95 7. Palæphatus de incredibilibus, gr. et lat. ex vers. et cum not. Corn. Tollii. *Amstel. Lud. Elzevirius*, 1649, *in-12. vel.*

16..5 8. La Perspective pratique, (par le P. Dubreuil). *Paris*, 1651, 3 *vol. in-4. fig. v b.*

3.. 9. L'Iliade d'Homère, trad. par Bitaubé. *Paris*, 1764, 2 *vol. in-8. dem. rel.*

6.. 10. M. Accii Plauti Comœdiæ. *Amst. apud Lud. Elzevirium*, 1652, *in-18. m. r.*

2.. 11. Joan. Owenii Epigrammata. *Amst. apud Elzevirium*, 1679, *in-18. v. éc.*

12. Jo. Barclaii Argenis, cum clave. *Amstel. apud Lud. Elzevirium*, 1655, *in-12. v. b.*

120.. 13. Voyage pittoresque, ou Description des royaumes de Naples et de Sicile, (par Richard de Saint-Non). *Paris*, 1781, 4 *vol. in-fol. fig. v. éc.*

Il manque les 13e et 14e chapitres qui finissent l'ouvrage, et les frontispices et les avant-propos des tomes 4 et 5. On a relié à la fin du tome 4 la table générale des Tableaux de la Suisse, par Quetant.

10.. 14. Histoire de Henri-le-Grand, par Hardouin de Perefixe. *Amst. Elzeviers*, 1661, *in-12. vel.*

455..30.

FIN.

La Ditte.

Brunard.

Lambert.

Brunard

gerbaud.

pichard.

Brunard

M. guillaume	1 Italiens	4		45..95
	2 De la lagune	12		
	7 palaphatus	1..95		
	10 plautus	6		
	11 et 12 owen	2		
	14 henri IV	20.		
M. Ricourt	3 aiman	1..50		406..35
	4 campi	249..95		
	5 phylologie	5..80		
	6 Demonstration	13..5		
	8 perspective	16..5		
	13 Phon	120.		
M. Roux	9 iliade	3.		3
				455..30

Paris 17 8bre 1797.

Monsieur —

Vous avez connoissance de ce qui se passe, et de la cruelle position ou je vais me trouver, forcé de me défaire de mes beaux livres dont vous m'avez procuré la plus grande partie, et dont vous m'avez demandé dernierement la préférence par un de vos amis. vous trouverez ci joint la note deduite aux deux tiers, tout au plus, de ce que cela m'a couté. voyez je vous prie de suite, si vous voulez vous en charger, a votre refus je m'adresserai a Mr. De Bure ou Bailly, qui tous deux m'ont demandé la préférence.

Je vous salue de tout mon cœur et suis tout a vous. signé J. Vincent.

Note de Livres precieux.

fables de Lorigny, pap. velin. 1res épreuves mar. bl. du Levant, reliure a compartimens, doublé de tabis	320 fr
Oeuvres de St Lambert, pap. velin, meme parure	54
Maximes et Reflexions morales de la Rochefoucault, avec le beau portrait de ficquet, mar. rouge a comp.t	60
Le temple de Gnide; et Arsace et Ismenie, pap. velin un des 12 exemplaires de format in 4o. fig. au bistre	200
Theatre de Regnard. 4 vol. 8o. gr. pap. avec doubles fig. avant la lettre et avec, mar. rouge a compart.s doublés de tabis	292
Les fables du Duc de Nivernois, pap. velin, mar. a compartimens	50
La philosophie de la nature, pap. vel. 7 vol. 8o.	140
Les voyages de Swinburne, 5 vol. in 8o. pap. vel. mar. rouge a compartimens, doublés de tabis, un des 25 exempl. avec Cartes	240
Le voyage de Pallas, papier velin superfin, figures et cartes enluminées, mar. de portugal a compartimens, doublé de tabis, 6 vol. in 4o.	450
histoire d'herodote, par Larcher, pap. velin superfin, un des 12 exempl. avec le dessin original, mar. rouge de portugal, a compartimens, doublé de tabis, 7 vol. 4o.	650
histoire naturelle de tous les oiseaux et autres objets d'histoire naturelle, par George Edouard 7 vol. in 4o. mar. rouge dent. exempl. unique ayant été enluminé par l'auteur, vendu par Limare 2100.# 07	1500
	3956

de l'autre part. - - - - - - - - - - -	3956^lt
Œuvres de Regnier, superbe édition in folio mar. rouge dent. - - - - - - - -	72
Pierres gravées de Vienne, grand in fol. mar. rouge a compart.^ts doublé de tabis, ce précieux volume est d'une rareté excessive il s'est vendu 800 fr. en feuilles. - - -	500
Les Métamorphoses d'Ovide, avec figures de Bernard Picart, exemplaire unique avant la lettre vendu chez le S.^on d'Heste en 1786, 1050^lt, mar. a compart.^ts	650
Costumes des peuples de l'antiquité, pap. fin	120
Le temple des Muses, avec les figures de Bernard Picart, exempl. avec les Rosettes, superbes épreuves, mar. rouge	150
Oryctologie de Bruxelles, ou histoire naturelle de ce pays, gr. in fol. mar. rouge a compartimens, doublé de tabis, peint par l'auteur, exempl. unique	300
	5,748^lt

www.ingramcontent.com/pod-product-compliance
Ingram Content Group UK Ltd.
Pitfield, Milton Keynes, MK11 3LW, UK
UKHW031833170726
13836UKWH00004B/1655

9 782329 139043